KB137026

비의 연가

비의 연가

윤혜정 제 8시집

시지시

내 삶에 가장 중요했던 것
기억을 더듬어간다
그동안 잊고 살았던
그 무엇인가를 끄집어내 본다
나의 고집만이 통하던
어린 시절이 있었고
자라면서 고민도 아닌 일에 우울해하고
우습지 않은 일에 데굴거리며
웃던 시절이 있었다
삶에 마음을 다해 보려 노력한 적도 많았고
별거 아닌 일에 버럭 화를 내는 일도 있었다
서로가 필요해서 그 사람만을 찾아
헤매었던 때도 있었고
아등바등 살아 보려 애썼던 시절도 있었다
지금 돌이켜 보면
별거 아닌 삶인 것을
왜 그리 악다구니 치면서 살아왔는지
스쳐 지나가는 무수한 사람들 속에서

나를 인정해 주고 기억하는 이가 있는지 아리송한
낡은 사진첩만 남아 그날의 회상을 돕는다
이 시간에도 보고 싶은
아버지 이름을 부르고 또 부르며
후회와 탄식 속에 가슴이 아리지만
왜 그땐 몰랐을까?
왜 그땐 화만 냈을까?
무한한 관심과 영역 없는 사랑을 왜 몰랐을까
보고프고 또 보고 싶은
사진 속 웃는 모습
아버지를 다시 볼 수 없기에
애절한 마음으로 시가 노래가 되도록
작시집을 엮어낸다

2024년 가을에

윤혜정

시인의 말

1 새로운 날을 위하여

2 빼앗긴 마음

3 사랑만 할래요

4 비의 연가

5 기다림의 행복

6 우리 다시 만나

1

새로운 날을 위하여

우리 다시 만나

우리 천년의 세월을 넘어
꽃과 나비로 환생했을까
아쉬운 만남으로 뒤늦은 만남으로
늘 그리운 사랑아, 사람아
우리의 사랑 신비스런 묘약 같아라
누구의 방해도 받지 않는
세상을 꿈꾸며 현실과 이상 속에서
앞으로는 이별 없이 사랑만으로
한 지붕 아래에서 다정하고 살고 싶어라
이른 아침 마주 앉아 커피를 마시고
밤이 되면 당신 품에서 잠들고 싶어라
이른 아침 마주 앉아 커피를 마시고
밤이 되면 당신 품에서 잠들고 싶어라

그리고 눈꽃

그리움이 쌓이면 눈꽃을 만들고요
외로움이 쌓이면 얼음꽃을 만들지요

한이 쌓인 눈꽃과
서러움과 분노의 얼음꽃을
사람들은 아름답다 말하지요

날카롭게 날을 세운 눈꽃
베어버릴 듯 얼어버린 겨울
아픔과 고통을 견디는 것은
이 계절의 끝이 있기 때문입니다

멈출 수 없는 우리 사랑

그립고 외로워서 숨죽여 울다가도
손등으로 눈물을 훔치며 내일을 기다린다
주어진 운명을 어쩌지 못하여
먼 곳에서 바라만 봐야 하는
동행할 수 없는 사람아 사람아
언제나 그리움으로 슬픈 시간마다
따사로운 그 눈길 내 곁에 맴돈다
만나서 헤어지고 나면
내일이 오기 전에 다시 보고픈 사람아
가슴 뛰는 것을 어쩌지 못하여
너 없이 살 수 없는 내가 서럽다

그대 기다리며

아카시아 꽃향기 코끝을 스치고
산들바람 소리는 님의 숨소리
꽃향기에 취하여 가던 길 멈추고
그대의 향기에 젖어 정신을 놓고 있네
조용히 다가서면 미소만 짓는 너를 두고
맴돌기만 하는 내 사랑아 내 사랑아
은은한 향기에 넋을 잃고 바라보면
황홀하기만 하여 절로 노래가 되네
조용히 다가서면 미소만 짓는 너는
오월에만 만날 수 있어 안타깝기만 하네

그날까지

볼 수 있는 날까지
웃을 수 있게 해주세요
볼 수 있는 날까지
웃을 수 있게 해주세요

함께하는 순간마다 행복하잖아요
보고 있는 것만으로 기쁨이 되잖아요

사랑은 그런 거래요
그냥 좋은 거 그냥 행복한 거
이별은 만남을 위해 만남을 위해
한 발짝 뒤로 물러서는 거래요

볼 수 있는 날까지
웃을 수 있게 해주세요
볼 수 있는 날까지
웃을 수 있게 해주세요

바람과 당신

당신은 구름과 바람이어라
자꾸만 내 마음 흔들어 놓고
말없이 떠나가는 무정한 당신
당신은 구름과 바람 같아요

바람 불어와 그대인 줄 알았더니
구름이 다가와 그대인 줄 알았더니
착각이었어요 착각이었어요

다시 이곳으로 바람 불어오길 기다려요
다시 이곳으로 구름 되어 오시길 기다려요

당신은 구름과 바람이어라
자꾸만 내 마음 흔들어 놓고
말없이 떠나가는 무정한 당신
당신은 구름과 바람 같아요

필요한 사람

우리 마음으로 다짐하며
우리 눈빛으로 다짐하며
서로 힘들 때 기댈 수 있는
아름답고 놀라운 사랑을 해요

사는 일이 외롭고 쓸쓸할 때
따스한 온기가 되어주는 만남
가슴으로 느끼는 그런 인연으로
날마다 서로 아끼며 그리워하며
서로가 서로에게 필요한 그런 사랑

우리 마음으로 다짐하며
우리 눈빛으로 다짐하며
서로 힘들 때 기댈 수 있는
아름답고 놀라운 사랑을 해요

저녁노을

사랑을 외면하려 한 죄
아무것도 볼 수가 없습니다
기억을 지우려 한 죄로
아무 생각도 할 수 없습니다

달려가는 마음을 억제하다 보니
가슴이 시꺼멓게 멍들었어요
이제 아무것도 생각할 수 없고
뛰지 않는 가슴으로 원망도 못 해요

내게 남은 건 허무함뿐이라
당신의 존재를 잊으려 애쓰다 보면
세상에서 가장 무서운 형벌 같아요

너와 나의 공화국

어느 날 나의 세상으로
고개를 내민 당신을 만나기 전까진
나의 세상은 암흑이었어요
누구를 좋아하지 않아 즐거움도 없었어요
희망과 소망 꿈이 없었던
나의 세상은 아무도 침범하지 못하도록
마음의 빗장을 걸고 차단된 삶이었어요

당신이 나의 세상을 훔쳐보기 전까진
절망 속에서 살아왔었지요
이제는 당신 세상에서 살고 싶어요
이루지 못할 꿈이어도 좋으니
나를 외면하지 말아 주세요
당신이 내민 손을 잡고
다른 세상 속에서 당신을 만나고 싶어요

사랑의 온도

좋은 일만 기억하며 살래요
나쁜 일은 생각하지 않을래요

그 사람이 곁에 없어도
내 기억 속에 남겨 두고 파요

주저앉고 싶을 때 꺼내어 볼 수 있는
좋은 사람과 좋은 생각만으로

날마다 좋은 사람과 좋은 생각만
가슴에 담고 기쁘고 뜻있게 살래요

절망

자욱한 안개 속으로 사라져 버린
그대를 잃고 이 밤 지새웁니다

검푸른 파도 위에 슬픔을 던지며
소리쳐 불러보는 그 이름 그 이름

파도 소리에 실려 오는 사랑이
이곳에도 머물고 있습니다

불러도 대답 없는 그대
메아리로 되돌아옵니다
사랑했다고--- 사랑한다고---

자욱한 안개 속으로 사라져 버린
그대를 잃고 이 밤 지새웁니다

어머니

세상을 구원해 줄 수 있는
하나의 사랑이 꿈을 키우게 합니다

누구나 자신의 사랑이
크고 넓다고 생각하지만
어머니의 그 사랑 따를 수 없습니다

힘들고 어려워도 감싸주는 어머니
죽음 속에서도 지키려 애쓰는
무한한 어머니의 그 사랑

어머니는 위대하고 거룩합니다
어머니는 위대하고 거룩합니다
어머니는 위대하고 거룩합니다

바다 그리고 나

한시름 덜어내는 외로운 사람아
이젠 슬픔도 버거워 헛웃음 지으며
텅 빈 가슴 위로하며 살아간다

세상살이가 파도와 같아서
바다와 하나가 되려 찾아온 곳
아픈 상처 일렁이는 파도로 씻는다

거센 파도가 바위를 삼킬 듯
무섭게 다가오지만 담담한 바위는
아무 말 없이 받아들이며 견디고 있다

잠시 파도가 잠잠해질 무렵
수면 위에 떠오른 얼굴 하나
바다는 새로워지기 위해
하루에도 수십 번 파도로 일렁인다

지독한 사랑

그는 내 삶의 전부
오로지 나만을 바라보는
당신을 생각하면 가슴이 미어진다

모든 걸 다 주었던 사랑이기에
나의 슬픔이 되는 당신
하루하루 사는 게 미안하다

따뜻한 온기였던 그대가 없는
나의 세상은 어둠 속에 갇혀
그때는 당신 마음을 몰랐었다

나 하나만을 생각했던
당신의 헌신적인 사랑이
아프게 다가오는 오늘도
나를 버리고 비우게 하는 것들
모두 당신의 사랑이었던 것을

잊을 수 없는 사람

1
어둠 속으로 추락하는 우리의 시간
이제는 너를 지우려고 몸부림친다
그날이 다시 다시 돌아온다 해도
그날의 그 시간이 아니지 않은가

지독하고 냉정한 현실에서 벗어나
나도 널 지우고 또 지우고 지워도
기억 속에 존재하는 너를 생각하면
절벽을 기어오르는 듯 위태롭다

2
어둠 속으로 추락하는 우리의 시간
이제는 너를 지우려고 몸부림친다
그날이 다시 다시 돌아온다 해도
그날의 그 시간이 아니지 않은가

그 계절 또다시 시작된다고 하여도
외로움만 남겨버린 아픈 상처뿐
기억 속에 존재하는 너를 생각하면
절벽을 기어오르는 듯 위태롭다

하얀 아픔

외로움과 서러움을 견디다 못해
얼음꽃으로 피어나면
사람들은 아름답다 말한다

알알이 몸을 세운 눈꽃
아픔과 고통을 견디는 동안
단단하게 층을 만들어낸 세월

살 만하면 늙고 병들어
소진한 어머니의 삶처럼
모두의 인생들이 이와 같아라

살 만하면 늙고 병들어
소진한 어머니의 삶처럼
모두의 인생들이 이와 같아라

산다는 것이

시간을 멈출 수 없더라
떠난 자리는 새로운 것으로 채워지고
한없이 슬퍼만 할 시간의 여유가 없더라

그리움으로 그 시간 붙잡아보지만
가슴에 파고드는 외로움
멈추고 싶던 순간순간들
흐르는 시간을 이길 수 없더라

삶은 늘 녹록지 않더라
돌아보면 아쉬움만 남기더라
이것이 우리의 삶 삶이더라

새로운 날을 위하여

상처는 아물면 흔적 없이 사라지지만
마음을 다치게 되면 치유가 쉽지 않아
바라보는 시선과 믿음도 달라지더라
모든 것이 아픔으로 나를 돌아서게 하더라

쉽게 말하기를 마음을 비우라지만
비워지지 않는 게 사람의 감정이라
그 상처 회복하기 어려울 때가 많더라

웃음으로 덮어가며 태연히 살아가려고
머리와 가슴을 쓰다듬으며 위로받는 맘
크게 숨을 들이마시며 참으며
다른 하루 기대하며 내일을 손짓한다

나는 바보

돌아올 줄 모르는 시간과 부딪치며
오랜 세월 많이도 참고 기다렸습니다
사랑을 위해 모든 것을 끌어안았지만
이제는 몸과 마음이 지쳐 그만둘래요
사랑만 하면 되는 줄 알았는데
서로가 마음을 얻는다는 것이
제일 어렵다는 것을 이제 깨닫고 보니
나는 바보였네요 나는 바보였네요
하지만 후회하지 않기로 했어요
지나고 보니 무심함도 기다림도
외로움도 사랑할 때가 좋았어요
사랑하는 사람을 멀리서 바라보며
그날의 그 마음이 영원하길 바래요

사랑하는 사람을 멀리서 바라보며
그날의 그 마음이 영원하길 바래요

2

빼앗긴 마음

머물지 않는 사랑

가는 시간 잡을 수 없듯이
흐르는 물을 가둘 수 없듯이
사랑도 물 흐름과 같이 순수하게
계절에 맞춰 피어나는 꽃이어야 해

마음에 들지 않는다고 미워서 눈물 흘리고
마음이 쓰라리고 가슴 조여와도
태연하게 입가에 미소를 잃지 않는
숨죽여 흘리는 눈물이 진정한 사랑일 거야

그런 사랑은 아픈 사랑이라도
다시는 경험하고 싶지 않은
그런 사랑은 행복한 사랑이라 말하며
스스로 위로하는 오늘의 사랑

이루어질 수 없는 사랑

가질 수 없는 사람
지울 수 없는 사랑
잊고 싶지 않아도 잊어야 해

그를 생각하며 울지도 말고
사랑할 수 없음에 미련을 갖지 말자

아름다운 추억을 가슴에서 지우며
슬퍼하지도 말고 미워도 하지 말자

가질 수 없는 사랑은, 사랑은
이루어질 수 없는 인연인 것을

이제는 더 이상 붙잡으려고
노력하지 말아야 하고
마음 아프게 보내야 하는 거야

그리움

가질 수 없는 사람
지울 수 없는 사랑
잊고 싶지 않아도 잊어야 해

그를 생각하며 울지도 말고
사랑할 수 없음에 미련을 갖지 말자

아름다운 추억을 가슴에서 지우며
슬퍼하지도 말고 미워도 하지 말자

가질 수 없는 사랑은, 사랑은
이루어질 수 없는 인연인 것을

이제는 더 이상 붙잡으려고
노력하지 말아야 하고
마음 아프게 보내야 하는 거야

그대와 나

거리마다 소담하게 쌓인 하얀 눈
누구도 밟지 않은 그 길
이른 새벽 나 홀로 걷고 있네

내 발자국을 겹쳐 걸으며
사랑의 흔적을 찾아 행여나
그대가 찾아올 수 있으려나

설렘과 희망으로 기다리는
시간의 끝자락 훔쳐보면서
그대가 오시려나 창밖만 보네

설렘과 희망으로 기다리는
시간의 끝자락 훔쳐보면서
그대가 오시려나 창밖만 보네

사랑의 이정표

그리움이 눈물 되어
내 맘속에 반짝이는데
그는 무엇을 하길래
나를 잊고 오지 않는가

정만 주고 떠나간 사람아
세월이 변해가도
내 마음은 그대로인데
그대 무슨 일로 나를 잊었는가

내게 속삭이던 그날을 잊었는가
너만을 사랑했던 영원한 내 사랑아
그 사랑 영원하리 그 사랑 영원하리

바람이 머문 곳

무심히 흘러서 머무는 곳마다
기약 없이 떠나버린 그대의 발자취
바람이 머무는 곳
빗물이 멈추는 곳
밤 별들이 쉴 수 있는 곳
어스름 달빛에 흔들리는 갈대
그대의 마지막 머문 곳이 되었나
살아가면 갈수록 아프게 다가오는
당신의 숭고한 당신의 숭고한 사랑
그때는 몰랐었네 진정으로 몰라서
외면했던 모든 것들이 후회로 남았네
지금도 나의 안식처는 그대뿐이라네

당신의 숭고한 당신의 숭고한 사랑
그때는 몰랐었네 진정으로 몰라서
외면했던 모든 것들이 후회로 남았네
지금도 나의 안식처는 그대뿐이라네

고요 중에

나의 가슴에 커다란 구멍을 만들어놓고
차갑게 돌아선 그대는 어디에 계시는가
오직 그대만이 내 사랑이길 바라며
살아온 나는 그리 쉽게 가실 줄 몰랐네
아직도 이별의 서러움에서 벗어나지 못해
떠나고 없는 빈자리마다 흩날리는 외로움
대지 위를 뒹굴며 싸늘해진 밤을 헤매고 있네

아직도 이별의 서러움에서 벗어나지 못해
떠나고 없는 빈자리마다 흩날리는 외로움
대지 위를 뒹굴며 싸늘해진 밤을 헤매고 있네

거기 있어 줄래요

긴 시간 흘러가도
지금 그 자리 그대로
바라보고 있을래요

설렘으로 밤 지새우던
긴 시간의 그리움
너무 길어 가물거리네요

아주 먼 곳으로 그대를 보내고
뒤돌아서서 후회하는 나는 바보
어리석은 바보 바보가 나였어요

너무 먼 곳에 있는 당신이기에
그대를 볼 수 없어 눈물이 나요
그대 거기 그대로 있어 주세요
오래 기다리게 하진 않겠어요

후회

영원한 줄 알았는데
사랑은 영원하지 않더라
시간이 흐르는 만큼 퇴색되어
이별이 된다는 걸 진정 몰랐었네

죽을 것처럼 슬픔과 아픔이
점점 가벼워지고 있는 것이
살아내는 것임을 깨닫는
이 순간이 너무 다행인 것을

많은 것 바라지 않고
많은 것을 가지려 하지 않는
무소유의 자유로움 깨닫고 보니
아픔과 외로움이 한결 가벼워지네

그리고 사랑

아무리 아파도
지우고 싶지 않은
사랑의 기억이 있습니다

아프고 슬펐던 기억을
지우려 하지만
그 사랑만큼은 기억하며
간직하고 싶습니다

첫 만남의 설렘을
잊을 수 없어서
외롭고 괴로운 순간들

잊고 싶은 기억과
잊지 못할 추억이 가슴 아파도
그 사랑만큼은 기억하고 싶습니다

오직 나만의 사랑이기에
나만의 설렘이었기에
나만의 기다림이기에

보고파라

눈물이 반 허무함이 반
밀려드는 그리움이
두 눈을 흐릿하게 한다

머리는 텅 비어 있고
가슴은 바닥을 뒹구는
아픔만이 맴돌고 맴돌고

눈앞에 아른거리는 모습
만날 수 없음이 안타까워
아득한 시간이 외롭고 쓸쓸하다

그리움이 사무치면 다시 찾는 이 길
그 무엇으로도 위로되지 않는
아- 내 사랑아, 보고픈 내 사람아

울지 마오

당신이 흘리는 눈물은
쉽게 흐르는 눈물이 아니라
가슴을 도려내는 아픔이 전해져요

울지 마세요 울지 마세요
당신 눈 속의 눈물은
내면 깊은 곳의 뜨거운 핏방울
곁에서 지켜보는 맘 아프네요

울지 마세요 울지 마세요
사랑했던 마음이 어떠했는지
얼마나 아픔을 참고 지냈는지
그 순간들이 절실히 느껴지네요

눈 오는 날

함박웃음 지으며
그대 내게로 오면 좋겠네
함께 걸을 수 있는 눈밭에서
그대 만나 하얀 꿈을 나누고 싶네
그대와 함께라면 무엇인들 못할까
그대가 곁에 있다면 두려울 게 없어라
펑펑 쏟아지는 눈과 함께
그대도 네게로 왔으면 좋겠네
펑펑 쏟아지는 눈과 함께
그대도 네게로 왔으면 좋겠네

어디쯤이야

떠나야 했던 것도
모두가 우연이었을까

만남 또한 우연이 없는 듯
아직도 그 시간
나의 한숨 속에 남아
눈물짓게 하는 사연들

지금도 추억을 떠올리며
한숨 쉬게 하는 당신
그대 돌아올 그날을 기다리며
슬픔을 억누르는 기다림

그대 어디만큼 오고 있는지
하염없이 기다리는 날마다
그대 어디만큼 오고 있는지

바보 사랑

이것이 사랑이었나요
이별이 이런 건가요
사랑은 즐겁고 행복한 줄만 알았어요
이별이 이토록 눈물인 줄 몰랐어요

먼 곳에 있어도 먼 곳에 있어도
가슴이 알아주는 게 사랑이었어요
곁에 있지만 쓸쓸함을 느끼는 건
이별이 오고 있음이었음을 몰랐어요

그저 곁에만 머무르는 게 사랑인 줄 알았고
혼자가 두려워 가슴 조이던 그날들
그 마음이 사랑 때문인 줄 이제야 알았어요

지난 사랑이 아름답고 소중했던 것을
이제사 알았어요 이제사 알았어요
아픈 흔적까지도 애처로운 사랑과 이별

빼앗긴 마음

나로 인해
그가 외로웠다면
그로 인해
내가 외로웠다면 사랑해서였겠지

바람 속에 무심히 흔들리는
나뭇잎이 아파 보였다면
흘러가는 구름 물결이 외로워 보였다면
가슴속의 그리움 쌓였기 때문이지

바람이 흔들고
구름이 앞을 가려도
언젠가는 따스한 햇살이
비출 것이라 기대하며

침묵으로 외로움을 달래며
그리움을 가슴에 쓸어 담는
이것이 사랑, 사랑이라고

사랑의 눈

가로등 불빛에 흩날리는 눈송이
옛 생각에 잠기는 이른 새벽부터
행복했던 순간들의 거리에 쌓여있네

나의 입가에서도
그의 입가에서도
사랑스런 눈빛을 주고받으며

나의 가슴도 그의 가슴도
소복이 내려앉는 눈송이처럼
하얀 마음으로 사랑했었지

나의 가슴도 그의 가슴도
소복이 내려앉는 눈송이처럼
하얀 마음으로 사랑했었지

둘이 하나가 되길

혼자 있기 두려워
그대를 붙잡은 것 아닙니다
기다림이 외로워
그대에게 기대었던 것 아닙니다
나만의 행복을 위해
당신을 사랑한 것도 아닙니다
다만 가슴 속 울림이
그대에게서 시작되었기 때문입니다
가슴 속에, 머릿속에 설렘으로
그대가 있기에 사랑이라 합니다
변함없이 그 자리에 있는
그대이기에 사랑합니다

이런 사랑

항상 흔들림 없이
굳은 마음으로 가는 길
어떤 바람이 유혹해도
나만의 길을 양보하지 않을래요

조용히 하루를 시작하며
최선을 다하는 시간마다
뜻있는 일상이 되기를 기도하며
행운을 바라지 않고 감사하며
만족하는 그런 사람이 되고파요

진실한 사람과 눈빛으로 대화하며
서로 다정히 다정히 바라보며
마음과 마음끼리 변함없이
아름다운 사랑을 나누고 싶어요

항상 흔들림 없이
굳은 마음으로 가는 길
어떤 바람이 유혹해도
나만의 길을 양보하지 않을래요

3

사랑만 할래요

숙명

얼마나 더 아파야 어른이 될까
얼마나 더 세상을 알아야
사는 일에 자신감이 생길까

살아감에 당당할 수 있다면
뭐든지 할 수 있을 텐데
세상은 그리 만만치가 않네

모든 게 힘든 건 삶의 애착 때문일까
지나친 욕심이 많아서일까
희망의 끈을 놓았을 때 편안해지는가

힘든 삶 속에서도 평온함을 느끼고
웃을 수 있는 여유를 가질 수 있는
그 길을 선택하는 순간만이 자유로운가

이쯤에서

세월의 흐름 속에
우리의 기억도 희미해져 간다

사랑했던 마음도
가슴 아프게 했던 기억들도
세월이 흘러 추억으로 남게 될 때
머리에는 흰 서리 내리겠지

그때가 되면 그때가 되면
지난 세월을 회상하며
한점의 아쉬움도 털어 버리겠지

세월이 약이라고 세월이 약이라고
동동거리지 않는 편안한 삶
그날에는 자유롭게 살아가겠지

그날의 기억

아닌 걸 알면서도
놓지 못하는 사랑의 기억들
고개 저으며 지우려 애써도
가슴에 맺힌 그리움 삭이지 못하네

설렘으로 다가섰던 가슴과 가슴
엇갈림 속에서도 그리움만 남아
힘들게 했던 걸 미안해하네

언제나 그날을 잊지 못하리
끝나지 않는 사랑 여전하리
언제나 그날을 잊지 못하리
끝나지 않는 사랑 여전하리

그리움과 외로움

외로울 땐 하늘을 바라보네
그리움에 눈물이 쏟아질 때
소리 내어 울어 보기도 하네

아픔으로 견디기 힘들 땐
더 큰 아픔을 떠올리며
외로움과 그리움을 버리고 나면
답답한 가슴 시원해질까

멍하니 하늘을 바라보며
무표정 속에서 드러나는
나의 기다림의 끝은 보이지 않는다

그대 아시나요

아무리 잊으려 해도
아무리 머리를 흔들어 봐도
보고 싶어 눈물 나는 것을
그대는 내 마음 아시나요

얄미운 그대를 허공 속으로 던지며
아플 것을 알면서도 아플 것을 알면서도
또다시 보고파서 그리워하는
내 마음 그대는 아시나요

그리움에 지쳐가는 심장의 울림
그대는 내 마음 아시나요
그리움에 지쳐가는 심장의 울림
그대는 내 마음 아시나요

사랑만 할래요

아픔은 접고 슬픔은 버리고
우리 서로 사랑만 하며 살아요
이만큼 아프고 아팠으면
이만큼 외롭고 쓸쓸했으니
우리 사랑만 하며 살아요
한 걸음 두 걸음 나아갈 날들
살포시 눈 감고 기다려보면서
우리의 사랑만을 위해 살아요
지난날의 미련은 갖지 말고
더 많은 앞날을 위하여
우리 사랑하며 살아요
지금의 시간을 소중하게 생각하며
우리 손에 손잡고 다정히 살아요

그대와 나

가진 것 없어도
웃을 수 있는 여유가 깃든
이곳에서는 오두막집이라 해도
웃음꽃이 피어나는 곳
그대 이런 곳에서 살고 싶다 했지

아침이면 고운 햇살을 느낄 수 있고
모닝커피 한잔으로도 행복에 겨워
모든 걸 다 가진 부자가 되는
그대 이런 곳에서 살고 싶다 했지

사랑하는 사람과 함께라면
늘 웃음 속에서 행복할 수 있다고
그대 이런 곳에서 살고 싶다 했지
사랑하는 사람과 함께라면
늘 웃음 속에서 행복할 수 있다고
그대 이런 곳에서 살고 싶다 했지

필연

좋은 인연은
행복을 줄 수 있는 사람
모진 풍파 속에서도
해 맑은 웃음을 주는
그런 사랑이 기쁨과 행복을 주지

삶에 지쳐 방황하면
힘이 되어주는 위로 한마디
가슴의 울림이 되는 사랑이지

어떤 처지에 있어도
이해해 주는 사랑의 힘은
가슴을 울려주는 사랑

좋은 인연은
행복을 줄 수 있는 사람
모진 풍파 속에서도
해 맑은 웃음을 주는
그런 사랑이 기쁨과 행복을 주지

우리는

때로는 내가 보고 싶어
한숨 날려 보낸다는 당신
쏟아지는 빗물이 너의 눈물 같으네

비 내리는 창가에서 서성거릴 때
마음속 깊이 그리움이 스며들어
너의 마음이 전해져 오는 소리 들리네

우리 서로가 잘 알고 있잖아
그리워하며 사랑하고 있잖아
그렇게 사랑하고 있잖아
그렇게 바라보고 있잖아

봄비

얼음 속에 가둬 두었던 생명들이
스멀스멀 움직이기 시작한다
차가웠던 대지도 단비에 젖어
어둠 속을 나오는 부드러운 새싹
잔잔히 녹아드는 설렘과 기다림
봄날은 따뜻하고 달콤하기만 하다

마음마저 촉촉이 적셔주는 봄날
잔잔히 녹아드는 설렘과 기다림
봄날은 따뜻하고 달콤하기만 하다
마음마저 촉촉이 적셔주는 봄날
잔잔히 녹아드는 설렘과 기다림
봄날은 따뜻하고 달콤하기만 하다

망부석

아프다고 울어본들
나는 망부석이야

외돌아진 곳에서 서러워한들
어느 누구도 관심 없어
멍하니 먼 하늘만 바라보는
나는 망부석
나는 망부석

외롭다고 목 놓아 울부짖어도
들어주는 이 없는
외톨박이 망부석

가끔 스치는 바람이 전해주는 말
귀 기울이는 바보 같은
나는 망부석

그리움을 세월에 묻고 사는
나는 멍청한 망부석
망부석 망부석이외다

잃어버린 시간

많고 많은 세월이 흘러가도
우리 변치 말자던 다짐의 시간
그 맹세는 변명조차 없이 사라져갔다

기다리겠다는 그 약속
눈과 가슴으로만 간직하라는 듯
차가운 바람의 기억만 남겼다

그날이 언제였든가
찾을 수 없는 그 약속
그날이 언제였든가

저만치의 행복

마음 아프다고
가슴 터질 거 같다고
몸부림치고 소리 내어 울어도
허물어진 사랑이
다시 꽃으로 피어나지 못한다

울컥거리는 가슴 어루만지며
이제는 버리라고
떠나보내야 한다고
거듭 말하고 있지만
다시 꽃으로 피어나
사랑했던 기억을 되살린다

사랑이

그대 생각에 가슴이 뛰는걸
그대 그대는 모르시나요

그리움에 미칠 것 같아도
그대 맘 상할까 표현도 못 하는걸
그대, 그대는 아시나요

그대 생각에 가슴이 뛰는걸
그대 그대는 모르시나요

그대 가슴에 얼굴을 묻으면
그대 심장 소리에 숨이 멎어 버리는걸
그대 그대는 아시나요

인연의 고리

스치는 인연도
운명이라 여깁니다

처음 본 순간부터
가슴의 떨림을 느꼈어요

인연은 억지로 맺어지는 게 아님을
그때는 몰랐어요

함께하고 싶은 맘이
진정한 사랑인 줄 알았어요

늘 웃음만을 주고 싶어 했어요
그것이 구속인 줄 몰랐어요

기다림은 설렘을 준다는 것도
그대를 알고서야 깨닫게 되었어요

사랑이 뭐길래

마음 다해 사랑하고
잠시도 떨어지면 안 되는 줄 알았어

두 눈 속에 꼭 담으려 애쓰는 것이
사랑인 줄만 알았어

그대의 눈길이 머물 때면
사랑의 향기가 전해오고
곁에 있어도 간절하기만 했지

그대라는 한 사람에게 영혼을 빼앗겨
자신의 무덤을 만드는 사랑의 전율
사랑 하나만으로 영혼을 갉아먹는다 해도
그대 사랑하는 맘 변치 않아

미련 때문에

한낮의 맑은 하늘
쏟아지는 빗방울
어두움을 드리운 채
거세게 창문을 두드리네

콩닥거리는 가슴이
살포시 창가에 다가서지만
그대의 두드림이 아닌 것을

빗물만 창을 타고 흘러내리고
기다리는 그대 오지 않아
온종일 창밖만 바라보고 있네

눈물의 사랑

한 사람의 눈물로
얻은 사랑이라면
눈물로 떠나보내지 말아요

떠나는 사랑
붙잡고 싶은 맘 감추며
빈 웃음으로 보내지 마세요

변해가는 눈빛 알면서
모른 척하지 말고
차가운 두 손 잡아주세요

사랑을 위해 멈춰버린 삶
한 사람의 눈물로 얻은 사랑이라면
다른 눈물로 떠나보내지 말아요

그대는 비

비를 머금고 다가온 그대
창가에서 바리만 보다가
너를 향한 사랑의 빗방울
뚝뚝 빗물로 마음을 전하다

그대 더욱더 보고파 지는데
무심한 빗줄기 창문만 두드리고
지친 기다림은 회한의 눈물인가
그대를 추억하는 그리움인가

비를 머금고 다가온 그대
창가에서 바리만 보다가
너를 향한 사랑의 빗방울
뚝뚝 빗물로 마음을 전하다

꽃송이

흐드러지게 피어난
꽃잎 사이로
바람이 몰고 온 그리움

활짝 웃음 짓는
햇살의 눈부심도
그리움을 태우진 못한다

따스한 햇살과 부드러운 바람
시련의 아픔을 딛고 솟아나는 새싹들

또 다른 절망과 시련이 닥쳐도
다시 또 웃을 수 있는 봄날의 몸짓들

중독

이제 그만 놓아줄게
이제 그만 보내줄게

내 욕심으로 너를 너무 힘들게 했어
내 사랑이 너를 지치게 하는 것 같아

마음이 마음이 많이 아팠겠지만
미치도록 미치도록 보고플 때
가슴 터질 듯 그리운 날에도
죽음처럼 쓸쓸하고 외로워도
너의 자유를 위하여 찾지 않을 거야

힘들어도 참아볼게 힘들어도 참아볼게
내 사랑이 내 사랑이 너의 사랑을 위하여

힘들어도 참아볼게 힘들어도 참아볼게
내 사랑이 내 사랑이 너의 사랑을 위하여

4

비의 연가

인생

괜찮소
다-아 괜찮소
그 말 한마디에
모든 시름 덜어버렸어

작은 미소가 주는
잔잔한 사랑의 표현
우리 만족하면 행복한 것이야

많은 것을 쥐어 든
손은 쉽게 풀어지는 것

살아가면서
그것을 깨달아 가는 게
인생이잖아

사랑의 굴레

당신의 미소
거절할 수 없고
미워할 수도 없어요
진심으로 다가오는 당신
왜 자꾸만 흔들어 놓는 지요

사랑은 그런 건가요
손 놓으면 다시 내미는 손
잡으려 하면 뒤로 감추는 사랑
물레방아처럼 돌고 도나 봐요
사랑은 다 그런 건가 봐

비의 연가

하염없이 비가 내리는 날
똑딱똑딱 떨어지는 빗방울 소리
그대의 발걸음 소리 같으네

창을 타고 내리는 빗줄기
쉼 없이 커피를 마시게 하는 기다림
그 사람 그 사람 오지 않고
검은 구름만 세상을 가리고 있네

슬프고 외로워도 큰 소리로 울지 못하도록
천둥과 번개가 겹쳐 소리소리 지르고
쏟아지는 빗방울이 지워버리는 약속
온종일 거칠 줄 모르는 빗물 빗물

한 사람

숨이 끊어질 것 같은
아픔의 고통 속에서
오직 한 사람만을 생각했어요

보이지 않는
미래 속에서 헤매이면서
오직 한 사람만을 기억했어요

산다는 것이 너무 힘들어
안갯속을 헤맬 때도 많지만
오직 한 사람만 떠올렸어요

안개가 서서히 걷혀
어둠 속에 희미한 불빛
믿음 속의 한 사람이 있었어요

폭우

낯설지 않은 장대비
반가운 걸 보니
많이 그리워했나 보다

거세게 부는 바람
물보라 치며 흩어지는 방울들
이쁘다 반갑다 화답하지 못한다

두 손 들고 튀어 오르던 걸음마다
빗줄기 사이를 비켜 가지 못하고
그리운 얼굴 하나 오롯이 서 있다

가을은

붉게 물든 나뭇잎을 봐도
얼룩이 지는 두 눈 사이
라디오에서 흘러나오는
노래만 들어도
눈물이 맺히는 가을은
슬픔을 주는 계절이다

높은 하늘만 바라봐도
눈물이 되는 까닭은
먼 곳에 있는 그 사람 때문인가

가을은 슬픈 계절
나뭇잎마다 붉은 옷을 입은 것은
슬픔을 감추기 위함인가

별과 나

은하수 꼬물꼬물
그대 얼굴 비추다가
살포시 부는 바람에 흩어지고 말았네

힘을 잃은 별들은 온데간데없고
서서히 덮여오는 구름은
저만의 그림을 그려놓고
한심한 듯 비아냥거리는 듯하다

안타까운 마음에
싸늘한 한숨만이
밤기운 속으로 녹아들어

그리운 임, 보고픈 임,
간절한 이 마음
흐르는 눈물 주체할 수 없고

달님의 외면함이 미워서
목을 꺾고 하늘만 보네

당신과 나

당신을 잊어 볼게요
지나쳐도 가 볼게요
우리 헤어지는
아픈 가슴 숨겨볼게요

슬픈 눈으로 보지 마세요
당신 마음 다 알고 있어요
잊어달라니 잊어 볼게요
모른 척 지나쳐 보기도 해볼게요

사랑하다 무너진 마음 어찌할 수 없어
땅속으로 스며드는 영혼
아무것도 할 수 없는 무기력증은
사랑하니까 사랑하니까

사랑은

사랑은 내가 갖고 싶다고
가질 수 있는 것이 아니었어

사랑은 공기처럼 서서히 스며들어
보기만 해도 입가에 미소가 번지는

사랑은 자신도 모르게
그 사람을 바라보게 하고

그 사람의 웃음도 슬픔도
공유하고 싶어 하는 것

사랑은 그 사람에게
모든 것을 주고 싶어 하는

사랑은
무엇과도 바꿀 수 없는 거래

동반자

사랑을 얻고도
마음이 불안한가요

그대 머무는 곳에
나의 마음도 머물고 있어요

마지막 종착역이 나이기를
방황의 끝이 나길 바라면서

마음에 평안을 주는
마지막 동반자가 되어 드릴게요

집착

날마다 정리하고
시간마다 떠나보내어도
순간순간 달려갑니다

버릴 수 없는 사랑 탓에
때로는 뒷걸음치며 후회하고
벗어나지 못하여 매달립니다

싫다고 소리쳐도
밉다고 밀어내도
사랑은 그 자리 머물고 있습니다

마음속 갈등이
물거품으로 사라지면
사랑이 참 밉기도 합니다

인내

애달픈 삶이 내게 손짓하네
강물처럼 바람처럼 공기처럼 살라고
고통과 외로움 버리라 하네

삶은 버티는 게 아니라
놓을 줄 아는 것이 바람직하여
미련과 집착은 삶을 궁핍하게 만드니

초라하고 보잘것없는 시간에서 벗어나
새로운 삶의 발전을 위해
더욱더 노력하며 살아가야 하는 거야

참고 견디다 보면
바라는 일들이 이루어지는 것
아픔을 딛고 일어서야만
그 뜻을 이룰 수 있는 거야

선물

뽀얀 안개 속에서
다가온 그대의 모습
하늘에서 내려준 선물일 거야

시야를 가리며 쏟아지는
장대비를 뒤로하고
환한 웃음 지으며
내게로 다가오는 그대

우산을 손에 쥐고도 펴지 않고
온몸으로 받아내는
그 모습이 환영이었을까

뛰어가 와락 안기고 싶지만
아름답다는 생각만으로
넋 놓고 바라만 보네

순간의 온도

어디선가 지켜보는 너를 상상하면서
한순간도 너의 숨결 놓치지 않았어

잠자는 중에도
친구들과 웃고 떠드는 순간에도
네가 지켜보고 있음을 난 짐작했어

내 삶 속에
너의 삶이 함께라는 것이
큰 위안이 되는 날마다

늘 곁에서
내가 하는 것을
바라보는 너는 나의 힘

미치도록 보고 싶지만
참을 수 있는 것도
네가 함께라는 생각 때문

오시려나

그리움이 비 되어 온몸을 적시고
기다리는 사랑은 지칠 줄 모른다

비와 함께 그대 오시려나
하염없이 빗속을 거닐다가

빗물로 그리움을 지우는
빈 가슴에서 아쉬움 달랜다

착각

나를 따라 흔들리는 눈빛을 보며
사랑이라고 믿었지만 착각이었어

나만 바라보던 애절한 눈동자
그 눈빛으로 말하는 줄만 알았어
알고 보니 오해였나 봐

영혼 없는 눈빛을 사랑이라며
묶어 두고 싶었나 봐

길 잃어 흔들리는 서글픈 눈동자를
사랑이라고 억지를 부렸나 봐

착각이었어 사랑이 아니었어
두려움에 흔들리는 나약한 몸짓

당신 잘 있나요

당신이 그리울 땐
떨어지는 낙엽만 봐도 눈물이 나요
바람에 살랑거리는 코스모스에
당신 모습 아른거리고
멀리서 들려오는 바람 소리
뜨거운 가슴을 시리게 하네요

나풀거리던 스카프
그 향기 콧등을 스칠 때
무수한 별들이 하늘에 수를 놓고
그토록 타오르는 당신의 정열
오늘 밤도 서럽도록 밀려드네요

당신, 저 하늘에서 잘 살고 계시는지
거듭거듭 안부를 물으며
밤이 깊어지는 것을 잊고 있네요

오늘 하루

1
바람이 솔솔 불어
당신의 가슴에도
풍선을 달아드립니다

잔잔한 바람에도 흔들리는 일상
순간의 희비가 엇갈리는 감정의 폭포
헤어 나오질 못하고 있으신가요

오늘 하루만이라도
함박웃음 지을 수 있는
여유를 가져 보세요

2
바람이 솔솔 불어
당신의 가슴에도
풍선을 달아드립니다

고단한 마음과 걱정 근심 내려놓고
잠시라도 넓고 높은 하늘을 올려다보며
고운 마음을 꽃씨처럼 뿌려 보세요

하루를 감사히 여기며
미소로 잠들 수 있는
삶의 여유 가져보세요

5

기다림의 행복

세월

물은 넘치면서 흘러가고
세월은 소리 없이 지나가며
시간과 시간 사이 우리의 존재

죽어서도 잊을 수 없는 아픔도
세월에 묻혀 무뎌지는 걸 보니
흐르는 물처럼 살아야겠다

하는 일 없이 하루를 보내며
또 다른 내일의 시작을 위해
그리 쉬운 일만이 아니더라

이것이 인생

생은 멈출 수 없더라
떠난 자리 새롭게 채우며
슬퍼만 할 시간의 여유가 없더라

그리움이 그리움을 붙잡고
그대와 함께하려는
시간을 잡으려 하면
외로움은 더 하더라

가슴에 파고드는 순정
멈추고 싶던 순간순간들
늘 아쉬움만 남기더라
이것이 인생이고 삶이더라

이별의 변주곡

아주 조금씩 잊고 싶고
잊히고 싶은 내 사랑
다시 못 올 계절과 같아라

현실은 지독한 슬픔뿐
그날의 그 사람 언제나
정녕 같을 수가 없어서

날마다 지우고자 노력해 봐도
잊어야 한다면서 잊을 수 없는
기억 속에서 영원한 내 사랑

날마다 지우고자 노력해 봐도
잊어야 한다면서 잊을 수 없는
기억 속에서 영원한 내 사랑

좋은 사람

좋은 사람만 기억하며 살래요
미운 사람은 생각하지 않을래요

그 사람이 곁에 없어도
기억 속에 남겨 둘래요

주저앉고 싶을 때
꺼내어 볼 수 있는 좋은 사람

생각만으로 미소가 터지는
그런 추억을 남기고 싶어요

날마다 좋은 사람만
가슴에 담고 살래요

나의 세상

당신을 만나기 전까지
온통 세상은 암흑뿐이었어
그동안 누구와도 좋아하지 못했고
남들이 웃을 때 나는 즐거움도 몰랐어

당신이 나의 세상을 훔쳐보기 전까진
절망 속에서 희망과 꿈을 잃고 있었지

이제는 당신의 세상에서 살고 싶어
이루지 못할 꿈이라도 좋으니
다른 곳으로 고개를 돌리지 말아 줘

나의 세상 속에서 당신을 만나고 싶어
당신이 내민 손 꼭 잡고
다른 세상에서 살고 싶어

먼 곳의 당신

보고픔을 외면한 죄
그때는 아무것도 볼 수 없었어
기억을 지우려 한 죄
그때는 아무 생각도 없었어

뛰지 않는 가슴으로
너를 생각할 수 없었기에
내게 남은 건 허무함뿐이야

당신의 존재를 잊으려 하면 할수록
무서운 형벌을 받는 것만 같았어
당신이란 존재를 부인하고 싶은 것은
당신은 품을 수 없는 안타까운 사랑

아픈 사랑

내 삶의 전부인
너만 사랑하다가
아픔도 외로움도 커져만 간다

아름다운 추억만 남기고 떠난 사람
우리 다시 그때로 돌아갈 수 없어
일생 동안 아픈 사랑이라....'일생'에 기간이 있어서 '동
안'은 겹말이 됩니다. 그래서 '평생' '일생'
가질 수 없는 사랑이라서
지울 수 없는 사랑이라서

아름다운 추억만 간직한 나를 위해
더 이상 울지도 말고 찾지도 말아줘

가질 수 없는 사랑이라고 슬퍼하지 마
이루어질 수 없는 사랑
마음으로 지키고 싶은 사랑

왜 이제야 왔니

왜
이제야 왔니
사랑했던 기억들 가물거려

왜
이제야 왔니
함께했던 시간 다 흩어졌는데

다시 흩어진 퍼즐을
하나씩 맞추어 가도
비어있던 시간 속의 난 찾을 수 없어

왜
이제야 왔니
다시 돌이킬 수 없는 시간
이미 심장은 멈추었는데

왜
이제야 왔니
왜
이제야 왔니

나는 바보

방황하는 널
지켜봐야 하는 날
이해가 될 수 없을 거야

그저 바라만
볼 수밖에 없는 난
지금도 바보처럼 살고 있어

방황의 이유가 나란 걸 모르고
다만 기다리면 될 줄만 알았어
편한 마음으로 돌아오기만 바랐어

내가 너에게 무엇을 해야 하는지
해줄 수 있는 전부가 무엇인지
진정으로 사랑하면서 진작 몰랐어

그 사람

꽃향기로 스며드는 설렘이
울다가 웃다가 미소 띤다

너를 향한 마음이 갈 길을 잃어
울다 웃다 눈물을 머금고 침묵한다

둘이서 걷던 이 길
울다 웃다 걷던 이 길
우리의 사랑은 끝이 없어라

둘이서 걷던 이 길
울다 웃다 걷던 이 길
우리의 사랑은 끝이 없어라

꼭짓점에서

사는 게 다 그런 거야
좋은 일도 오래가지 않고
나쁜 일도 지나가기 마련
만남도 잊히는 것도
우리의 인생 우리의 삶이더라

늘 좋은 것만 가지려
욕심부려도 가질 수 없는 게
세상의 이치더라

가질 수 있을 만큼
쥐어지는 게 내 몫인 것을
왜 진작 모르고 살았을까

주먹 안에 쥐어진 모래와 같이
흘러내리는 게 인생이고 삶인 것을
모든 것이 덧없는 바람과 욕심이더라

자연처럼

때론 비도 되고
바람도 되고
이슬도 되고
살아가는 일들이
내 맘대로 되지 않는 것을 알고
이제는 세월에 맡기려 한다

생각도 많고
이유도 많은 삶의 현장
시간의 흐름에 몸을 맡기고 나니
이토록 편안하고 자유로운 것을

무거운 짐을 내려놓고
가볍게 훨훨 하늘을 유영하다가
한 줌의 흙으로 남으리라
자연으로 나 돌아가리라

기다림의 행복

기다림은
체념을 배우게 하더라
때로는 기다림이
더 행복했음을 깨닫게 하더라

기다림은 눈물 마를 날 없지만
조급하게 서두르지 않고
이 아픔과 상처 보상해 주리라 믿고
난 널 이해하며 기다릴 테야

더 많은 행복을 가지고
내 곁으로 돌아오도록
포기하지 않고 기다릴 거야

너도 날 포기하지 마
마지막 안식처는 나와 함께라는 것
우리 서로 잊지 말자

불현듯

사는 게 힘든 것만은 아니었어요
죽을 만큼 힘들다가도 순간순간
웃을 일도 생겨 견딜 수 있나 봐요
가슴이 무너져 내려 숨쉬기조차 힘들어도
아픔의 그 순간을 잊기 위해
노력하다 보면 숨을 쉴 수 있어요

사는 게 울컥할 때가 많아요
불현듯 쏟아지는 눈물을 막을 수 없어요
누군가로부터 조금은 위로받고 싶어요
아직도 그리움이 밀려오면 죽을 만큼
견딜 수 없는 그리움이 사무치면
쏟아지는 눈물을 막을 수가 없어요

미안해

너에게 행복을 주고 싶었는데
너에게 기쁨만을 주고 싶었는데
내 작은 어깨라도 내어주며
편히 쉴 수 있는 자리를 주고 싶었는데

너무나 뒤늦게 알게 되었지만
너의 마음을 알지 못하고 못하여
주는 것만이 사랑인 줄 알았던 것
오히려 힘들게 한 것 같아
진정으로 진정으로 미안해

따뜻한 마음을 주고 싶어도
너는 다른 곳에 있으니
너의 빈자리 눈물로 채우는…

너에게 행복을 주고 싶었는데
너에게 기쁨만을 주고 싶었는데

천형 같은 그리움

내게도 아픈 이별이 올 줄
진정으로 예감하지 못했어요
그때는 너무 당신을 몰라
깊고 큰 사랑을 가벼이 여겼어요
함께 있을 때는 몰랐던 사랑
이별 이후 깨닫게 되었어요
너 없는 삶은 너 없는 삶은
아무런 의미가 없다는 것을
너 없는 세상에서 너 없는 세상에서
다시 다시금 일어설 수 있었던 것은
영혼의 세계에서 만날 수 있는
하나의 소망이 있기 때문이에요

너 없는 세상에서 너 없는 세상에서
다시 다시금 일어설 수 있는 것은
영혼의 세계에서 너를 만날 수 있는
하나의 소망이 소망이 있기 때문이에요

거듭난 사랑

지나간 시간은 과거일 뿐이야
앞으로의 행복을 위해 과거를
잊어버리고 새로운 출발이 필요해요

내 가슴에 쌓아둔 추억일랑
모두 지우고 미래의 세계를 위하여
아낌없는 시간과 노력의 기다림

잠 못 드는 밤마다 서성대지 말고
백지 위에 가득 시를 채우고 채우며

어둠의 세상을 멀리하고
온전히 빛으로 거듭나 거듭나
길을 잃은 사람에게 등대가 되리

잠 못 드는 밤마다 서성대지 말고
백지 위에 가득 시를 채우고 채우며

내가 사는 시간 계산법

살다 보면 삶이 진부할 때가 있어요
힘들고 지칠 때마다 현실을 이겨내며
주어진 우리의 운명을 달래야 했어요

때로는 삶의 무게에 짓눌러도
더 넓고 높은 이상의 세계를 올려다보며
용기와 도전을 앞세우고 물러서지 말자
맹세와 다짐을 거듭거듭 했었어요

이상은 그냥 이루어지는 것 아니었어요
언제나 준비된 자에게 기회가 되는 것을
하나의 진주를 탄생시킨 조개처럼
아픔과 슬픔과 고난을 딛고 일어서
더 빛나는 삶을 위하여 기다려야 해

사랑이 아프다

사랑은 예고 없이 시작되지만
이별은 준비할 시간을 주네요
사랑이라는 이름으로 죽고 못 살던 만남
인연을 다해 이별을 하고 보니
이렇게 가슴이 먹먹해지는 건
사랑을 많이 주었기 때문인가 봐요

쉽게 끝날 사랑이었다면
눈길 한번 주지 말 것을
쉽게 끝날 사랑이었다면
눈길 한번 주지 말 것을
그를 만나는 동안 그를 만나는 동안
기다림과 외로움은 견딜 수 있었지만
우유부단함은 다시 생각하게 했어요

쉽게 끝날 사랑이었다면
눈길 한번 주지 말 것을
쉽게 끝날 사랑이었다면
눈길 한번 주지 말 것을

꽃 같은 사랑

햇살을 받으며 꽃을 피우고
향기를 쏟아내는 흑장미도
때가 되면 시들해지는 것이
우리의 인생과 다를 것이 없어요

꽃송이를 피우기 위해
인내를 거듭해야 하듯이
우리 사랑도 그러하지 않을까요

행복해지려면 행복한 만큼 고난이 많아요
죄 많은 세상에서 서로 사랑만 하기로 해요

꽃송이를 피우기 위해
인내를 거듭해야 하듯이
우리 사랑도 그러하지 않을까요

떠난 사람

내겐 소중한 그대였는데
그 마음 미처 알 수 없어서
정말 정말 미안하기만 해

늘 묵묵히 행동으로 말하던
너의 그 마음 헤아리지 못했던
그 순간순간들 어찌해야 하니

좋은 기억만 남기고 간 사람아
미련한 나로 인해 얼마나 아팠을까
어디서든 편안하고 행복하길 바란다

좋은 기억만 남기고 간 사람아
미련한 나로 인해 얼마나 아팠을까
어디서든 편안하고 행복하길 바란다

6

우리 다시 만나

그대라면

그냥 그냥 나만 보고 오세요
오는 길 험하여 쉬고 싶을 때
손 한번 잡아달라고 부탁하세요
만나야 할 인연이라면 인연이라면
내게로 오는 것을 주저하지 마세요
닫힌 마음 내가 활짝 열어 줄게요

꼭 만나야 할 인연이라면
멀리서 바라만 보지 마세요
한발 두발 내게로 다가오세요
망설이지 마세요 망설이지 마세요
나는 늘 그 자리에서 기다리고 있어요

너무 늦지 않았으면 좋겠어요
너무 늦지 않았으면 좋겠어요

나도 모르게

소리 없이 스며든 사랑이
이토록 깊이 뿌리내릴 줄 몰랐어요
그대를 만나기 전에는 정말 몰랐어요

진정한 사랑을 애틋한 사랑을
당신을 통해 사랑의 꽃을
피운다는 것을 알게 되었어요

이토록 소중한 사람이 될 줄 몰랐어요
당신과 나로 온전한 하루를 시작하여
사랑을 갈망하며 꿈속에서도
기쁨과 행복을 주는 당신 당신이야

우리 다시 만나

우리 천년의 세월을 넘어
꽃과 나비로 환생을 했나요

늘 아쉬운 만남으로
늘 그리운 사랑아 사람아
우리의 사랑 신비스런 묘약 같아요

누구의 방해도 받지 않는
세상을 꿈꾸며 현실과 이상 속에서
철없는 우리 사랑 철없는 우리 사랑

앞으로는 이별 없이 이별도 없이
한 지붕 아래에서 사랑을 나누다
당신 품안에서 눈을 감고 싶어요

한 지붕 아래에서 사랑을 나누다
당신 품안에서 눈을 감고 싶어요

우리 사랑 멈출 수 없어요

주어진 운명을 어쩌지 못하고
차가운 그대의 손을 잡아보지만
동행할 수 없는 사람아 사람아
언제나 그리움으로 슬픈 사랑아

따사롭던 그 눈길 온종일 따라다니고
바보같이 자꾸만 마음을 접으려 하지만
하루가 지나고 나면 하루가 지나고 나면
가슴 뛰는 것을 어쩌지 못하여
너 없이 살 수 없는 내가 서럽다

어제보다 오늘을 생각하며
손등으로 눈물을 훔치며
내일을 기다린다

향기로운 사람아

아카시아 꽃향기 코끝을 스치고
산들바람 소리는 님의 숨소리인가
가던 길을 멈추고 가던 길을 멈추고
꽃향기에 젖어 그대 오시는 줄 몰랐어요

조용히 다가서면 미소만 짓는
그의 곁을 맴돌기만 하는 내 사랑
은은한 향기에 넋을 잃고 바라보면
황홀하기만 하여 절로
노래가 되고 시가 됩니다

조용히 다가서면 미소만 짓는
그의 곁을 맴돌기만 하는 내 사랑

그날까지

볼 수 있는 날까지
웃을 수 있게 해주세요
이별하는 그 순간까지
미소 지을 수 있게 해주세요

함께하는 순간마다 행복했잖아요
보고 있는 것만으로 기쁨이었잖아요

사랑은 그런 거래요
그냥 좋은 거 그냥 행복한 거
이별은 만남을 위해 만남을 위해
한 발짝 뒤로 물러서는 거래요

이별은 또 다른 만남을 준비하는 거래요
그래서 이별이 슬픈 것만은 아니래요
이별은 또 다른 희망이래요
울지 말아요 울지 말아요
이 순간이 행복하면 되잖아요

바람과 당신

당신은 바람 당신은 바람
내 마음 흔들어 놓고
말없이 떠나가 버렸어요

당신은 구름이에요
내 마음 흐려놓고
말없이 사라져버리는
당신은 구름이에요

바람 불어와 그대인 줄 알았더니
구름이 다가와 그대인 줄 알았더니
착각이었어요 착각이었어요

다시 이곳으로 바람 불어오는 길 있겠지요
다시 이곳으로 구름 되어 찾아오시겠지요

당신은 바람 당신은 바람
내 마음 흔들어놓고
말없이 떠나가 버렸어요

필요한 사람

우리 마음으로 다짐하며
우리 눈빛으로 다짐하며
서로 힘들 때 기댈 수 있는
그런 사랑으로 그런 사랑으로
아름답고 놀라운 사랑을 해요
사는 일이 외롭고 쓸쓸할 때
따스한 온기가 되어주는 만남
가슴으로 느끼는 그런 인연
날마다 서로 아끼며 그리워하며
서로가 서로에게 필요한 그런 사랑

우리 마음으로 다짐하며
우리 눈빛으로 다짐하며
서로 힘들 때 기댈 수 있는
그런 사랑으로 그런 사랑으로

다시 태어나도

마음과 마음으로 묶어 놓은 사랑
우리의 사랑이 허무하지 않도록
오늘도 그날의 사랑을 그리워하네

산다는 것이 얼마나 힘든지 몰라도
한 번쯤 뒤돌아볼 수도 없단 말인가
어디서 무엇을 하는지 소식이 없네

부질없는 내 사랑아 내 사랑아
아직도 그대의 사랑에서 벗어나지 못해
눈물이 강물이 되어 바다에 이르렀으니
아-아 무정한 사람은 어디로 갔을까

순례의 삶

너의 생각 속에 하루를 시작하고
너의 생각 속에 기다림이 희망이다

가쁜 숨 몰아쉬는 무거운 삶 속에
너에 대한 사랑의 믿음이 위로가 된다

두 눈을 뜨고 살아 숨 쉬는 동안
너와 나의 사랑을 위해 멈추지 않는 기도

우리의 사랑 이렇게라도 지켜나가야 해
오로지 하나가 되는 사랑을 위하여 위하여

윤회

언제나 한 곳에서
언제나 그 자리에서
당신과 함께하리라는 믿음으로
힘든 삶을 이길 수 있었던 거야

늘 한마음으로, 늘 한마음으로
기다려 주는 당신이 있었기에
조급하지 않고 편안한 마음이야

함께 하는 시간 짧아도
쉽게 만날 수 없는 먼 곳이라도
서로의 마음이 하나가 되어
외롭고 쓸쓸하지 않은 거야

늘 한마음으로, 늘 한마음으로
기다려 주는 당신이 있었기에
조급하지 않고 편안한 마음이야

계절의 통증

당신과 나의 사랑을 위하여
소망으로 기대를 해봅니다
날마다 스스로를 위로하며
보고픔을 이겨내는 시간마다
기다림이 헛되지 않음을 압니다

저기 저 산을 바라보아도
저기 바람에 흩날리는 낙엽을 보아도
또 다른 희망을 품게 하는
당신과 나의 계절은 소망이 넘칩니다

날마다 만남의 기대감으로
마음을 다스리는 시간마다
사랑은 절망하지 않습니다

무채색 연정

내게 사랑의 의미를 가르쳐준
그대, 그대만을 생각합니다
외로움과 그리움의 의미를 준
그대, 그대만을 생각합니다

그대 때문에 아프고
그대 때문에 슬프고
그대 때문에 고통이 시작되어도
그 순간만큼은 후회하지 않습니다

내게 사랑의 의미를 가르쳐준
그대, 그대만을 생각합니다
외로움과 그리움의 의미를 준
그대, 그대만을 생각합니다

한때는

순간을 영원처럼 사랑했듯이
마지막이 될 그날까지도
당신과 한 몸이 되고 싶습니다

세상은 날마다 변해가도
지금의 그 모습 그대로
부드럽고 포근하게 살고 싶습니다

삶의 기쁨을 나누며
환한 미소 잃지 않으려
두 눈 속에 가득 채우며
그렇게 이쁘게 살고 싶습니다

세상은 날마다 변해가도
지금의 그 모습 그대로
부드럽고 포근하게 살고 싶습니다

안식처

기다리는 일이
체념이기도 하지만
기다림은 소망을 줍니다

수고와 상처도 때가 되면
더 많은 행복을 주기도 하여
불평불만 할 일이 아닙니다

다 잃어도 그대 하나만은
포기하지 않고 기다리며
내 곁으로 돌아오길 기다립니다

나 포기하지 않을 거예요
당신 포기하지 마세요
마지막 안식처는 당신과 나

하루의 미소

오늘 하루만이라도
바람이 솔솔 불어와
답답한 가슴 시원하게 합니다

함박웃음 지을 수 있는
여유를 가질 수 있도록
푸른 하늘의 마음을 주세요

모든 걸 내려놓고 나면
푸르른 들녘이 펼쳐져
답답한 생각도 사라집니다

함박웃음 지을 수 있는
여유를 가질 수 있도록
푸른 하늘의 마음을 주세요

사랑아

찌푸린 날도 밝음으로
바꿔줄 수 있는 둘도 없는 사랑아
바람으로 지켜주고 안개비로 감싸주는
사랑과 사랑이 혼자 아닌 둘이어서
즐겁고 행복한 순간들이 영원하길 바란다

마음을 주는 것만으로도
너만을 바라보는 것만으로도
행복할 수 있는 나의 사랑아
하늘이 내려준 큰 축복이 아니더냐

지친 어깨 토닥여 주는 내 사람아
뭐라고 표현할 수 없는 내 사랑아
감사하고 고마워라 내 사랑 사람아

윤혜정 제8시집
비의 연가

초판발행 2024년 9월 12일

지 은 이 윤혜정
펴 낸 곳 **시지시**

등   록 제2002-8호(2002. 2. 22)
주   소 ㉾10364
          고양시 일산동구 호수로 688. A동 419호
전   화 050-5552-2222
팩   스 (031)812-5121
이 메 일 sijis@naver.com

값 15,000원

ⓒ 윤혜정, 2024

ISBN 978-89-91029-81-1 03810

* 이 책의 내용을 전부나 일부 재사용하려면
  저작권자와 시지시 양측과 협의하여 주시기 바랍니다.
* 저자와의 협의에 의하여 인지를 생략합니다.
* 파본은 구매 서점에서 교환하여 드립니다.